샤갈의 여자

김순미 시인

시인 김순미는 1959년 경북 의성에서 태어났다 가지 못한 길에는 언제나 문학에 대한 동경이 있었다 중앙일보 '시가 있는 아침'에 소개 되는 시가 좋았다 시와 시학 시인반에서 창작을 공부하였고 문화강좌 '영시의 향기'에서 인문학적 소양을 익힐 수 있었다 서양미술사공부와 몇 번의 유럽 여행이 도움이 되었다 2006년 가을 계간 〈시선〉에서 정일근 시인의 추천으로 등단하였다 많은 분들의 격려가 있었기에 첫 시집 〈샤갈의 여자〉를 내게 되었다.

샤갈의 여자

초판 1쇄 발행 · 2015년 5월 15일
글 · 김순미 | 발행인 · 김윤태 | 발행처 · 도서출판 선 | 북디자인 · 전순미
표지 그림 · 이석우
출판등록일 · 1995년 3월 27일 | 등록번호 · 제15-201호
주소 · 서울시 종로구 삼일대로 30길 21 종로오피스텔 1218호 | 전화 · (02) 762-3335
| 팩스 · (02) 762-3371

ISBN 978-89-6312-485-8 03810
※ 책값은 뒤표지에 있습니다. ※ 잘못된 책은 바꾸어 드립니다.

샤갈의 여자

김순미 시집

시인의 말

내겐, 스승이 둘 있다
시와 사람이다
그림은 잘 못 그리지만
그림 보는 것을 좋아한다는
어느 시인의 말이 생각난다
문득 여행을 하고 싶다
〈그랑 자트 섬의 일요일 오후〉
조르주 쇠라의 1885년 작품 속으로.
그림 속 풍경은 내게 큰 위안이다
130년 동안 일상에 지친 사람들 곁을 지켜 온
말 없는 시, 그 곳 어디쯤에 서서 나는
말하는 그림이 되고 싶다

2015년 봄

김순미

차 례

시인의 말 05

제1부

어떤 과오로부터 12
포커페이스 14
전망 좋은 방 15
미코노스를 데려오게 16
라일락 꽃 필 때 17
공원묘지에 가지 못하다 19
문득 쫓겨난 듯싶다 20
불멸의 서가 21

제2부

흰 눈으로 오는 시간 26
아마도와 어쩌면 사이, 올드미스 27
이미 이루어진 것처럼 28
붉나무에 마음 물들어 29
춘설 30
흰 구름 꽃 – 석향에게 31
부음을 듣다 33
왈라 왈라 35
Walla Walla 37

제3부

해우소 42
불혹 저편 43
자작나무는 하얗게 껍질을 벗고 45
수선화 팬션 47
비오리 49
여름 미리내 아래 51

Bera Hotel 가는 길 52
누가 전화를 합니다 54
무엇으로 남을까 55
수작에게 수작을 걸다 56
물아카시아 57

제4부

환영幻影처럼 시가 60
너의 숨소리 61
대여 김춘수 62
포에지 1 63
포에지 2 64
포에지 3 65
탈북 시인 66
한식 67
무대 위의 박문옥, 그리고 68

제5부

샤갈의 여자가 되어 72
여덟 살의 소녀 73
어떤 가계도 74
그녀가 부르는 노래 75
여우비 다녀간 뒤 76
해바라기 연가 78
구절초 79
배롱나무 리듬 80
지휘자 81
몽파르나스 스케치 82

해설 - 그대와 나란히 성스럽게 늙기 | 김점용 시인 84

제 1 부

어떤 과오로부터

포커페이스

전망 좋은 방

미코노스를 데려오게

라일락 꽃 필 때

공원묘지에 가지 못하다

문득 쫓겨난 듯싶다

불멸의 서가

어떤 과오로부터

어떤 과오로부터
어떤 환희로부터
너희들은 왔는가
가볍고 무거운 물새들의 몸

패인 날갯죽지
잘려나간 꼬리들
여윈 다리와 물갈퀴에
걸리는 잿빛 소용돌이

위태로운 대열을 이루면서
절룩절룩 미끄러지면서
오직 하나의 목적지를 향해
더러는 거꾸러지면서

눈 감고서라도

가야하고 가야만 하는
이미 사라진 귀로

포커페이스

입안에서 방울토마토를 터트릴 때

침샘 말문 얼굴 윤곽선 고정한 채

삼킨 듯 꽉 물고 있을 것

입안에서만 놀아날 것

부드러운 혀 더워지는 잇몸

모든 연출은 잊어버릴 것

끝내는 나조차도 잃어버릴 것

전망 좋은 방

카토밀리 언덕의 전망 좋은 방
그 방은 채광이 좋아
파르포르티아니 교회를
오래 바라볼 수 있지

불온하게 심장이 뛴다
오렌지 올리브 싸이프러스도
나를 부추긴다

나도 모르게 달려갈지도 몰라
파르포르티아니 교회 창문을 두드리며 고해하러

반짝,
여행가방 하나 꾸리고 싶다

미코노스를 데려오게

눈 먼 세상 뒤편
상상의 창으로
미지의 섬 미코노스를 데려오게
바다와 하늘이 가로 겹침이거나
돋을새김으로 있고
붉은 지붕들 섬으로 만난다네
벽들은 파도의상을 입고
다섯 개의 풍차가
전망 좋은 방으로
길손을 데려가네
꼭 한번 가고 싶었으나
갈 수 없는 곳
미코노스를 데려오게
광활한 지중해
문명의 발상지
나의 처음 미코노스를 데려오게

라일락 꽃 필 때

아버지
라일락 푸른 잎으로 섰다
초등학교 식목일
선생님이 던져버린 어린 라일락 나무
역무원 아버지 우물가에 심어 주었네
라일락 꽃이 몇 번 피고 졌을까
풍으로 쓰러진 아버지
내 꿈 어두워 울먹일 때
아버지 세상 잊으시고
우물가 라일락 근심으로 섰다
봄 오지 않는 대문가 우물
물 마른 지 오래
봄 없는 날들 흘러가고
어머니마저 세상 잊었을 때
우물이 있는 옛집
문패가 떨어졌다

더 넓어진 마당의 빈집
오월의 향기로 가득차 있는데
아버지의 라일락은 언제쯤 다시 꽃을 피워 줄까

공원묘지에 가지 못하다

공원묘지 가던 날

햇살 한 바구니

이정표로 앞서네

도토리 몇 알 줍고

잔디꽃 보다가

그만 놓쳐버린

무덤가 할미꽃

문득 쫓겨난 듯싶다

뒷 베란다에 쥐 한 마리 들어왔다
구멍 뚫린 하수구는 그의 일방통행로
먹거리를 점령한 지 며칠이 지났을까
호드득호드득 먹거리와 놀아나는 그 몸의 율동
날이 갈수록 현란해진다

무대를 설치하고
별장을 지어줘야지
작심하고 다녀온 모란시장
지하철 왕복요금보다 더 값싼 쥐덫을 놓고

얼핏 바라본 베란다 너머 세상
문득 쫓겨난 듯싶다

불멸의 서가

화가는 캔버스와 마주할 때 그의 내면과 마주한다 작업실의 자코메티•는 그렇게 읽혔다 제임스로드는 18일간 화가의 모델이 되어 변덕스러운 화가의 상상력 속에 변신을 거듭했다 어떤 경외심이 화가의 공간을 점령했다 자코메티의 초상화 작업 속에 생트빅트와르 산이 들어와 앉고 갤러리는 산의 정상을 눈 앞에 두고 있다

세잔은 프로방스에서 전사했다 자코메티가 제임스 로드의 초상화를 그릴 때 원기둥과 구, 원뿔의 회화 양식을 주도한 세잔의 개입을 기꺼이 수락했다

우연한 기회에
피라미드 아래서 우주공간과 소통하며
별의 생애를 점묘법으로 그리는
화가의 작업실을 훔쳐보았다

불멸의 정신세계를 관통하는 서가에

오랫동안 사로잡혀 있을 때였다

- 제임스 로드가 쓴 책의 제목

제 2 부

흰 눈으로 오는 시간

아마도와 어쩌면 사이, 올드 미스

이미 이루어진 것처럼

붉나무에 마음 물들어

춘설

흰 구름 꽃 - 석향에게

부음을 듣다

왈라 왈라

Walla Walla

흰 눈으로 오는 시간

퇴근 길
귀가 차량의 불빛에
흰 눈 쏟아진다

환희로 벅차
감당할 수 없었던
시간 쏟아진다

졸린 눈을 비비며 할아버지 손에 이끌려
새벽미사를 가는 길
하얗게 쏟아진다

아마도와 어쩌면 사이, 올드 미스

아마도 그녀는 매일 시를 읽을 것이야
어쩌면 그녀는 그림의 집에서 단편소설을 쓰고 있을지도 몰라
아마도 그녀가 카모마일 차를 내올 때
어쩌면 그녀의 서랍장은 울고 있을지도 몰라
사물들의 이야기 튀어나올지도 몰라

손놀림이 뛰어난 계피향의 아가씨
말없음으로 말하는 그녀 입가에
어쩌면 삼종기도
보이지 않는 바람에 오래오래 읽히고 있을지도 몰라 아마도

이미 이루어진 것처럼

-월정에게

당신은 양의 뼈와 피를 가진 순한 사람
나의 뒷모습을 오래 보아주듯이
우리가 처음 만났던 곳에 서 있곤 하였다
프라하의 황금소로에서 카프카의 집을 돌아나올 때
내가 본 당신은 바람코트를 즐겨 입고
왼 팔의 부드러운 곡선을
유리공예로 우아하게 장식하고 있었다
그리하여 나는 날마다 유리의 나날을 명상하며
그대 영혼의 화석으로 새기고 싶었다
당신이 bar 밀라노를 약속장소로 알려주었을 때
꼬모호수를 따라가는 뱃길은 부드럽고
언덕 높이 피어 있는 하늘제라늄
마음의 보석을 찾아가는 순례의 여정이었다
오래 품었던 마음의 골동품을 처음 꺼내놓듯
낯설면서 낯설지 않은
이미 다 이루어진 것처럼

붉나무에 마음 물들어

나무의 속살을 투명하게 들여다보는
산장의 하루가 깊어간다
붉나무에 마음 물들어 갈 때
간간이 바람의 말을 전해주는 낙엽송

다 내려 놔야지
산그늘에 누웠을 때
대신 울어주던 찌르레기 콩새

먼 세속도시의 소식은
알고도 모르는 척
듣고도 못 들은 척

춘설

봄날이 간다고
세상 안과 밖이 요란하다
매화는 폭발할 기세다

춘분에 잔설 내리는데
도요할머니가 시집을 내고 떠나가신 날
동일본지진으로 친척을 잃었다

화분에 제비꽃 심으며
황사주의보 듣다

흰 구름 꽃

–석향에게

검기만 한 밤하늘이다
가늘게 떨고 있는 그믐달의 눈망울이다
오랜 개기일식이 찾아와서
네 분홍빛 뺨을 영원히 식혔기 때문일까

정지된 시야
고개를 떨구며 선지피를 쏟았다지
빈산 꽃무덤에 너 먼저 가다니
살구나무에 복사꽃 가슴으로
불그레 꽃의 목소리로
낭랑하게 말하던 너였는데

"상처 입은 사슴이 가장 높이 뛴다"
에밀리 디킨슨의 시 한 구절이
검은 내 입 속에서 출구를 찾지 못한다

하얗게 묽어져 흰 구름 꽃으로 피어날
너의 넋이
나의 정수리에 박혀
물 먹은 조종소리로 울고 있다

부음을 듣다

흙이 되고 싶은 사람으로 살았기에 오늘 남몰래 흘리는 이 눈물은 그의 묘지를 따뜻하게 덮어주어야 한다 그가 시작노트를 내게 주시던 날은 겨울의 시작을 알리는 안개꽃 눈을 뿌리던 플로리안 까페였다

"혹여 떠내려 갈까 나의 섬,
자꾸자꾸 돌아 굽이치는 그대의
깊은 눈물, 나는 젖어서 오래
그대에게 닿으리…"

그는 호두나무 소년으로 자랐고 시인이 되었지만 경제개발 주역으로 일했고 한학에 열정을 기울이며 정진한 사람이었다 강경훈 박사 영면 이라는 휴대폰 문자를 받은 아침에 그의 생전모습이 살아왔다

감꽃 하얗게 지는 뒤란 장독대에서 그의 시심이 도란거리

길 좋아했고 호도나무 잎새에는 맑게 햇살이 감겨 있었다 호두나무의 열매가 그의 생명을 붙잡아 주지 못했기에 그가 시로 쓴 〈호두나무와 소년〉은 노래의 메아리로 되살아온다

왈라 왈라•

듣고 있나요
옥수수 빈 밭에
저녁종소리

말해주세요
라벤더 향기
나무영혼에
풀잎어깨에

Roseanne Ross

묻고 싶어요
내 기도를
가지 않은 땅
왈라 왈라에

먼 길 떠난 그대의
지난 편지를 읽는
해질녘
노을 속

● 왈라왈라: 워싱턴주의 농촌마을

Walla walla*

Are you listening
To the sound of a bell
Chiming across the empty cornfield?

Please talk to me,
The scent of Lavenders.
To the spirit of tree,
To the shoulder of grass leaf.

Roseanne, Ross

I bury my prayer
In Walla Walla
The land I never been.

As reading the past letters

From who departed for a long journey,

In the sunset,

Under the red sky.

● Walla Walla: A small town located in Washington State, the United States.

I wrote this poem in the memory of Roseanne Ross, Who deceased in June 2010, due to a sudden cancer. She and her family took care of my daughter when she stayed in Walla Walla as an exchange student in 2008.

Her mother and husband are alive and still live in the town, and my daughter is going school in Seattle area.

제 3 부

해우소

불혹 저편

자작나무는 하얗게 껍질을 벗고

수선화 팬션

비오리

여름 미리내 아래

Bera Hotel 가는 길

누가 전화를 합니다

무엇으로 남을까

수작에게 수작을 걸다

물아카시아

해우소

엔틱 탁자에 앉은 남녀
떨어질 줄 모르네
불륜일까 아닐까

보이차 시키려다 망설이네
가짜가 많다고 철관음을 시키자는 일행
문득 해우소에 가고 싶네

불혹 저편

그렇구나
가슴으로 나이를 읽고
강물 속 고요에 산이마의 잔주름을
비춰보는 시간, 그러고는 속절 없이
깊어지는 생각의 어깨를 우리
바라보고 있구나

중미산 능선 구름허리에 기대어
불혹 저편을 꿈꾸는 동안
산그늘과 강물 언제나 착하게
두물머리 풍경을 어루만져 주었지

북한강 물거울 따라오는 불혹의 심장
일렁이는 저녁 노을에
잠시 이마를 스치네

양수리 물가에 서서
생각을 잃고
말을 잃고
표정을 잃고
길을 잃고

자작나무는 하얗게 껍질을 벗고

그의 이마는 엷게 껍질이 벗겨진 채로
둥글고 흰 빛이 조금의 갈색과 섞여 간다
그가 수줍게 사용하는 이국적 취향의 말이
한 번도 들어본 적 없는 자작나무의 흰 빛에서 오거나
갈색나무의 향기에서 건너오리라고
이따금 생각하곤 한다

흰빛과 갈색으로 껍질을 벗는 자작나무 수피와
그의 이마가 닮았다는 생각을 하며 걷고 있을 때
다시 생각났다 하루에 신선한 빵을 세 번
굽는다는 베이커리를 지나며 그가 부르던
휘파람새소리가 자작나무의 시원한
큰 키를 닮았던 때를,

자작나무 숲에서 자작나무가 잎을
떨

군
다

너무 오래 묵혀둔 자작나무 속, 생의 웅성거림과
너무 많이 쟁여온 수피의 푸석이는 마음들이
자작자작 소리 내며 타들어가는
자작나무 숲가에 서서 자작나무의 꽃말이 가지는
기다림을 그의 숲으로 돌려보낸다

큰 키로 우뚝 서 있을 자작나무 그림자에
수피를 닮아 희고 갈색인 그의 이마를
오롯이 겹쳐 본다

수선화 팬션

그녀가 말했다 수선화를 좋아한다고
그가 말했다 섭섬이 보이는 방에 들어
이중섭의 서귀포를 떠올려보자고

그가 말했다 판포리가 낯설지 않아
그녀가 말했다 섭섬이 보이는 방에서
'아고리와 발가락군'• 은 어떻게 살다 갔을까

팬션 앞에 나란히 서서 몇 장의 사진을 찍어도
바람 숭숭 드나드는 돌담
판포리 포구에서 만난 약효가 좋다는 백년초
를 쓰다듬으며

그녀가 떠올리는 그
그가 떠올리는 그녀
서로 모르는 채

● 이중섭과 아내의 애칭

비오리

탄천을 걷는다
우리은행 오리역지점으로
발길을 모아 갈 때
황홀한 춤사위가
포착되고 있다
비오리의 출현인가,
암수 내외가 언제나
함께 다닌다는

비오리로 살고 있다는
착각을 하며 부부가
오리역지점 우리은행에서
한 움큼의 종이돈을
인출할 때
만져지고 있었다
우리의 세포 속에 찍힌

낙관 하나가
지폐 속에서 웃고 있는
비오리의 꿈이

여름 미리내 아래

장마가 휘몰아 간 황토밭 모퉁이
토담집 풍경화 한 폭을 들고 선
붉은 산나리 꽃

줄무늬 호랑나비 한 마리
꽃의 깊이를 재고 있네
가쁘게 몰아쉬는 숨소리

먼 곳의 조율
깊푸른 하늘의 미리내를 올려다본다

저만치 날아가는 왜가리의 음표
모데라토 안단테 알레그로
목이 점점 길이진다

Bera Hotel 가는 길

카타르 항공의 탑승 안내 방송
앳된 승무원 얼굴에 겹칠 때
아야 소피아와 블루모스크를 미리 상상해봐요
흑해와 마르마라해협이 열애하듯
보스포러스가
고래율동에
넘실거려요

로티 언덕에서
이스탄불의 태양열에
춤추는 마음 뜨거워질 때
이국여인의 향기에 취해 썼다는
해역장교, 피에르의 소설을
단숨에 읽어 내려요

트로이는 다음 이야기를

숨겨 놓고

올리브 숲들이 어둑해질 때

베라 호텔 가는 길

부겐빌레아 꽃터널

숨은 이야기를 품고

둥글게 환해지네요

누가 전화를 합니다

e-편한 세상 위로 둥근 달이 떴다고
래미안에 둥지를 튼 그녀에게
누가 전화를 합니다

자이의 달은 새벽과 함께 올 거라고
누가 전화를 합니다

바람이 차가워지고
달의 볼이 점점 붉어질 때
그녀는 래미안을 동쪽에 두고
서쪽 너머 자이의 달을
찾아가고 있습니다

이 편한 세상
그녀는 멀리 공중에 걸렸는데
누가 또 전화를 합니다

무엇으로 남을까

목요일이다
서까래 높은 인사동 찻집에서
전통은 무엇으로 남을까 생각한다
오미자 차를 마시며
쿡, 터져 나오는 웃음
내 얼굴에서 염화미소를 보았다는
한 남자의 음성을 떠올리며
연애는 무엇으로 남을까 생각한다

수작에게 수작을 걸다

가을이 끝나면 남을지 모를 상처
미리 쓰다듬으려 오른 뒷 산
분홍 코스모스와 눈이 맞았다
코스모스는 신이 꽃을 만들 때
습작으로 처음 태어난 꽃이라는데
순정한 눈빛 뗄 수가 없다
습작이 아니라 수작이었던 게지
그는 모르겠지
아찔한 어지러움, 하늘 올려다 보면
거기 또 한 송이 코스모스
고백할까
멀어지기만 하는 저 빛에 대하여
수작이라는 말이 지닌 울림에 대하여

물아카시아

물과 꽃의 정원 세미원
그 곳에 들어섰을 때 마주친
씻어서 아름다워진다는 문장

연꽃 정원이 홍등을 밝힐 때
물아카시아
수면의 물관에 기대어 피어 있다

물바닥에 숨결을 보내며
옆으로 옆으로 자라는 물아카시아

한창 꽃필 때 세상을 떠난
왕불이라는 소동파의 아내
낮게 낮게
물아카시아처럼 얼굴 씻고 있다

제 4 부

환영幻影처럼 시가

너의 숨소리

대여 김춘수

포에지 1

포에지 2

포에지 3

탈북 시인

한식

무대 위의 박문옥, 그리고

환영幻影처럼 시가

시인이 되기 전에 시창작 모임에 들었다
오월이 왔을 때
마음의 수수밭을 바라보며
정신은 더 어지럽고 가슴은 두근거렸다
시인들의 행사에도 기웃거렸다
창의문 너머로 휘영청 달이 왔고
늙은 감나무가 자연스런 무대를 편안히 감쌌다
대금산조가 구슬픈 곡조를 뽑아내자
탱고는 검붉은 실루엣을 짜나갔다
환영幻影처럼
시가 걸어 오는 모습이 보였다
시낭송이 이어지고
시인들이 환대를 받았다
그때 수수밭 사이로 걸어 나온 시인의 한 마디
시를 좋아하니 잘 살 수 있을 거예요

무턱대고 시인이 되고 싶었다

너의 숨소리

"어린이는 보았네 들에 핀 장미를
황야에 피어난 조그만 장미
그 옆에 달려가서
정신없이 보았네"

-괴테

너의 숨소리
그 향기에 기대어 쓰네

대여 김춘수

모국어 사전이 텅 비워졌다
시적인 것들을 찾아 그토록 헤매었으나
그 모든 것이 시였을까
꽃이여
푸시케여
릴케의 장미여
거울 속의 천사•를 따라간
한 마리 외로운 새여

• 김춘수 시집

포에지 1

-시법

시의 뉘앙스는 베를렌의 시, 〈시법〉에 잘 나타나 있다고
먼 후일 그가 말해 주었다

시인이 투병통신이라는 시를 발표하고
병과의 동거가 길어졌다는 소식을 들었는데
둥그런 잠●을 원했을 시인의
안부가 몹시 궁금해졌다
바람개비 별●에게
물어보라고 했다

● 이가림 시인의 시

포에지 2
–필요조건

자전거에 몸을 실어 잠시 환상의 길을 달려보았다는 시인의 전언을 들었다

입추가 지나고 보름달 밝았는데도
추석에 보름달을 보지 못했다고 했다

달 없이 지나는 밤
오래 쓸쓸하겠다고
넌지시 말해주었다

포에지 3
-당신이 슬플 때

바람구두를 신은 랭보의 감각을 닮았다는 시인이
세상에서 가장 아름다운 시어 하나를 주셨다
'은하수' 라는 멀고 먼 나라의 언어를

〈감각〉은 랭보의 16세 작품
와병중인 시인이 그 때의 소년으로 돌아가
새로운 자화상을 쓸 수 있을까

당신이 슬플 때 나는 사랑한다는 꽃말
용담꽃 한 송이 보내드린
겨울 오후

탈북 시인

세상에서 제일 맛있는 건
어젯밤 무언가 먹는 꿈이라고
북에 두고 온 동생이 말했다지

딸을 판 돈 백 원으로
밀빵 만들어 딸의 입에 물리며
용서해라 통곡하며
작별하는 어머니

그가 목격한 슬픔들
두만강을 건넜네

한식

모래와 황토를 섞어 시 라는 새 순을 심는다
순하고 여린 것들의 속삭임 곁에
봄은 저만치 오고
춘분과 한식 사이에서
시적인 것들이
아프게 눈을 비빈다
봄
옹알이
소리 비빈다

무대 위의 박문옥, 그리고

그 해 겨울 첫 만남을 잊을 수 없어요
밤하늘의 별이 내려 앉은 듯
노래하는 사람이 등장했지요
처음 가 본 광주의 무대였어요
누가 저 거미줄에 걸린 나비를 구할까
꿈 같은 노랫말이 들려왔지요
그는 대학가요제에서 '저녁무렵'으로 데뷔를 하고
'바위섬'을 작곡했대요
누이의 시에 직접 곡을 붙였다는
'바람이고 싶어'•
저도 그날 바람이 되고 싶었어요
광주는 제게 그렇게 왔지요
금남로를 울리는 함성들 속에
선운사의 동백 향기로 살아있는
그의 노래
해마다 십이월 첫 눈이 오면

첫 눈 속에 살아 있는
오월의 광주

● 박하영의 시

제 5 부

샤갈의 여자가 되어

여덟 살의 소녀

어떤 가계도

그녀가 부르는 노래

여우비 다녀간 뒤

해바라기 연가

구절초

배롱나무 리듬

지휘자

몽파르나스 스케치

샤갈의 여자가 되어

김춘수 시인의 샤갈의 마을에 내리는 눈을 읽었을 때
샤갈의 여자가 되고 싶었다

샤갈의 고향 마을에 눈이 내릴 때
셀 수 없이 많은 날개를 달고
비테프스크 여자들은 천사가 되어
파리의 하늘을 마음껏 날아 오른다
샤갈의 아내 벨라가 되어
샤갈의 여자가 되어

여덟 살의 소녀

눈길을 달린다
예술의 전당을 향해
구룡터널을 지나자 눈은 폭설이 된다
르누아르의 작품과 마주친다
아델핀 르그랑
8세의 소녀가 머뭇거리는 듯 수줍은 듯
화가의 시선을 피하고 있다
화가와 소녀가 주고 받는
격려와 안심
여덟 살의 내가 거기 서 있다

어떤 가계도

죽음의 순간에 묵주를
손에서 놓지 않은
증조할머니

증조 할머니와 다정하게 한 방을 쓰시며
효성의 지극함을 보여주신
할아버지

채송화와 백일홍으로 꽃밭을
일구어주신 아버지

아버지 곁에서 수줍게 살아간
어머니
나의 어머니

그녀가 부르는 노래

향나무 사이로 마리아 상이 보이는 교회당은 K씨 가족의 성지이다 부활절이 가까워 오면 지금은 수녀가 된 그녀의 언니가 삶은 계란에 부활의 파노라마를 그림으로 새기곤 하였다 그 즈음에 그녀는 홍역으로 무서운 아랫목에 점거되어 창호지 문틈으로 바깥 세상을 훔쳐보는 첫 경험을 하였다 밤이면 열꽃이 별처럼 돋아나 어머니의 고단한 손이 그녀 이마의 열기를 식혀주곤 하였다

그녀의 아이가 봄을 앓게 되었을 때 그녀의 열기를 식혀주던 어머니는 파리하게 먼 나라의 별빛으로 오신다 그 옛날 어머니가 되어 딸의 이마를 짚어보는 밤 그녀는 가만히 부활 송을 읊조린다
그녀의 아이가 언젠가 부르게 될 어머니가 가르쳐 주신 노래를

여우비 다녀간 뒤

여우비가 다녀간 봄날이었지요
그녀 마음 밭고랑에는
우울의 씨앗들이 돋아나기 시작했어요
어쩌면 지난해 노랑 별 무더기로 찾아와
수많은 꽃씨들을 남기고 떠나간
회오리바람의 장난을 알지 못한 까닭

그 일 때문이었을까요
황사가 잦은 봄날이 겹으로 가고 오는 사이
변덕스런 바람이 몸집을 키우고
몸집 속 옹골찬 기운이 탱탱해지는 동안
우울의 홀씨들은 그저 꽃 대롱 속에서
숨가쁜 속울음을 달랠 수밖에요

그게 아니었을까요
낮달 황홀하여 대책 없이 몸 열어

꽃을 피우려 했던 일

여우비 얇어진 얼굴
햇살 가득해지고
움츠린 냉가슴에
민들레 꽃, 샛별로 태어날지도 몰라요

우울의 빗물을 닦아준 화사한 봄이
그녀와 동거를 시작할 즈음

해바라기 연가

까막까막 해바라기 씨가 익어가네
툇마루에 걸터앉은 봄이
하오의 태양을 마중하네
온종일 해바라기하듯 어머니의 기도는
대청마루에 무릎 꿇은 지 오래
햇빛의 그물이 촘촘하게 나선형으로
나의 신경세포를 갉아먹을 때
피보나치 수열의 놀라운 번식력을 생각하네
내 얼굴을 만지는 높낮이가 다른 손풍금 소리
해바라기 연가로 남아 있네

구절초

구절초를 보았다
호숫가 가장자리에 피어
들국화와 닮아 있는
어느 시인의 편지에서
네 꽃말 읽은 후였지

낙엽 쓸려가는 자전거도로
굽은 길 하얗게 밝혀주는
사랑 꽃 구절초 보네
가녀린 줄기 아홉 마디 속
약의 기운이 있다는

호숫가 가장자리에 핀
구절초를 보네
면사포에 얼굴 가린 듯
수줍게 웃음 짓는 어머니
꽃으로 말 걸어오네

배롱나무 리듬

배롱나무가 꽃을 피운다
배롱나무는 사랑나무
그는 흰 꽃 부케로 오거나
속세의 칸타타로 온다
로맨틱했던 과거의 시간들
하나의 노래가 된다

배롱나무가 꽃을 열어보인다
가지 끝에 낯선 바람이 찾아오던 대낮
허공의 구름경을 바라보노라면
세상을 움직이던 동력의 수레바퀴가
시계의 초침에서 벗어나지 않는다

지휘자

봄의 소리 왈츠는 비엔나로부터 온다
주름진 이마를 가진 거장의 손놀림이 날렵하다
뉴욕 필하모닉의 로린 마젤
평양콘서트를 지휘하다
북에서 풀리는 얼음강물소리 듣다

몽파르나스 스케치

몽파르나스 까페
모딜리아니가 행인들의 초상화를 그려준 돈으로 마셨다는
초록술 압셍트
취한 그는 여인들의 얼굴에서
염화미소를 보았을까
묘지에 잠든 보들레르가
웃고 있다

| 해 설 | 그대와 나란히 성스럽게 눕기

김점용 시인

1. "여덟 살의 소녀"처럼

'어쩌면' 이렇게 말할 수 있을지도 몰라. 김순미의 시는 '여덟 살의 소녀'에서 시작된다고. '아마도' 그럴 거라고 생각해. 그럼 넌 내게 묻겠지. '여덟 살의 소녀'가 뭐냐고. 그럼 난 이렇게 대답할 거야. 그건 말이야…… 사실은 나도 잘 몰라! 왠지 그럴 거 같아. 그럼 넌 이렇게 따지듯 되묻겠지. 그런 게 어딨어? 아무리 요즘 비평이 객관적인 가치 평가와 거리가 멀어졌다 해도 독자에겐 좀 친절해야 되는 거 아냐? 뭔가 냄새를 맡았으니까 그렇게 말한 거 아니냐고. 그럼 난 짜증을 좀 섞어서 조용히 말할 거야. 귀찮게 자꾸 그러지 말고 네가 직접 읽어 보면 되잖아. 그림도 보고. 그럼 넌 시인의 베란다에 몰래 잠입한 댄싱퀸 마우스처럼 화들짝 놀란 눈빛으로 또 묻겠지. 그림? 무슨 그림? *아델핀 르그랑 양의 초상(르노아르 그림)

여덟 살의 소녀가 머뭇거리는 듯 수줍은 듯
화가의 시선을 피하고 있다
화가와 소녀가 주고받는
격려와 안심
여덟 살의 내가 거기 서 있다

–「여덟 살의 소녀」 부분

아, 이거구나. 근데 이게 뭐 어쨌다구? 어쩌긴 뭘 어째, 그냥 느껴 보라는 거지. 네 머릿속의 잡음을 깨끗이 지우고 가만히 들여다 봐. …… 음, 시는 그냥 그림을 설명하듯 아주 평범해 보이는데? 도대체 여기에 무슨 실마리가 있다는 거지? 가만있자, 그러고 보니 소녀의 눈길이 좀 특이하긴 하네. 대개의 초상화는 화가나 감상자를 정면으로 바라보는데 이건 아니잖아. 시인의 진술대로 "머뭇거리는 듯 수줍은 듯" "화가의 시선을 피하고 있"어. 아 그래서 "격려와 안심"이라고 했나? 화가는 "괜찮아, 그대로 있어" 이러는 거 같고, 소녀는 수줍은 듯 그 자리를 빠져나오려는 마음을 누른 채 시선만 약간 비낀 느낌? 묘한 긴장이 있네, 그렇지? 근데 그게 김순미 시의 출발과 뭔 상관이야?

마지막 행을 봐. "여덟 살의 내가 거기 서 있다"고 했지? 응. 그건 그냥 나를 소녀와 동일시하는 거잖아? 그렇지. 그게 왜? 시인의 마음에 그때의 소녀가 여전히 살아 있다는 거지. 그래서? 그 동일시가 너무 직접적이어서 문제라는 거야. 난 첨부터 김순미 시인의 시가 좀 독특하다고 생각했어. 뭐랄까, 시입네 하는 선언적 포즈는 물론 이리 뒤틀고 저리 꾸미는 장식적 포즈가 거의 없어. 시인들이란, 아니 예술가들이란 대개 그렇잖아. 과장하고 엄살떨고 허세도 부리고. 근데 이 시인은 그러면 마치 큰일이라도 나는 양, 조금도 꾸밈없이 자기를 조심스레, 조용 조용히 드러내고 있어.

물바닥에 숨결을 보내며
옆으로 옆으로 자라는 물아카시아

한창 꽃필 때 세상을 떠난
왕불이라는 소동파의 아내

낮게 낮게
물아카시아처럼 얼굴 씻고 있다

-「물아카시아」 부분

제목대로 '물아카시아'를 노래한 건데 시인의 눈에 들어온 건 "옆으로 옆으로 자라는" 모습과 "낮게 낮게" 엎드려 제 얼굴을 씻는 이미지야. 이는 르누아르의 그림 속 소녀처럼 금방이라도 뒤로 몸을 뺄 듯 머뭇거리고 망설이며 수줍어하는 표정과 그대로 닮았어. 그만큼 소박하고 고졸하며 솔직하고 겸손하게 자기 목소리를 낮추고 있다는 거야. 한 발 비껴선 채, 위로 자라서 자기를 뽐내려고 하거나 스스로 중심이 되려고 하질 않아.

그게 그렇게 중요한 거야? 중요하지. 최근 시의 경향에 비춰보면 아주 좋은 미덕이거든. 종잡을 수 없는 말을 써놓고는 현대시의 포즈랍시고 뭔가 있는 척하는 거 이젠 지겹고 피곤해. 시도 언어예술이니까 대놓고 뭐라 할 순 없지만 그렇게 쓰지 않으면 시대에 뒤떨어진 것처럼 너도나도 그러는 건 아니라고 봐. 미적 응전으로서 개성적인 시적 에너지가 소진됐다는 증거지. 그게 집단적 현상이란 측면에선 자멸의 징조라고 볼 수도 있고. 그런 면에서 김순미 시인의 시적 태도는 우리 시의 새로운 출발을 위해 아주 긴요한 "필요조건"(「포에지 2」) 아닌가 싶어.

뭐 듣고 보니 그럴듯하긴 한데 그게 전부야? 아니, 이제 시작이야. 왜 중요한지는 아직 말 안 했거든. 그 전에, 여덟 살의 소녀가 세상을 대하는 태도는 어떨 거 같아? 설레기도 하고 두렵기도 하겠지, 그림 속의 소녀처럼. 맞아! 재밌는 건 시인이 세계를 대하는 태도도 꼭 그렇다는 거야. 그게 또 시를 짓는 방식과 직접 연결돼 있어. 요컨대 시인은, 시적 대상을 아무런 굴절 없이 아주 정직하게 대해. 그래서 시적 자아가 세계와 직접적으로 싸우지 않는 거야. 더 정확히 말하자면 세계에 대한 자아 우위의 비극이 일어나기 직전의 아슬아슬한 상태라고 해야 할까. 그 때문에 어떤 때는 좀 아쉽기도 하고 어떤 때는 좀 위험해 보이기도 해. 그런데 사실은, 그게 이 시인의 진짜 매력이야. 자기 목소리의 위치를 배치하는 독특한 방식. 자세한 건 차 한 잔 마신 다음에 얘기하자고.

2. 라일락 꽃 그늘 아래서

난 시인이 왜 이런 태도를 갖게 됐을까 몹시 궁금했어. 이게 시인의 첫 시집인데, 첫 시집에는 보통 시인의 상처가 내밀하게 숨어 있거나 드러나 있잖아. 하지만 이상하게도 그런 게 잘 보이지 않았어. 특이하다 싶었지. 그러니까 내가 마치 정신과 의사라도 되는 양 왠지 더 끌리더라고. 이렇게 꽉꽉 감추는 데는 뭔가 이유가 있을 거라는 막연한 기대 같은 거. 「여덟 살의 소녀」가 예사롭지 않다고 생각한 것도 그 때문이었어. 어쨌거나 시인의 상처가 유일하게 드러난 작품이 하나 있는데,

아버지
라일락 푸른 잎으로 섰다
초등학교 식목일
선생님이 던져 버린 어린 라일락 나무
역무원 아버지 우물가에 심어 주었네
라일락 꽃이 몇 번 피고 졌을까
풍으로 쓰러진 아버지
내 꿈 어두워 울먹일 때

아버지 세상 잊으시고
우물가 라일락 근심으로 섰다
봄 오지 않는 대문가 우물
물 마른 지 오래
봄 없는 날들 흘러가고
어머니마저 세상 잊었을 때
우물이 있는 옛집
문패가 떨어졌다
더 넓어진 마당의 빈집
오월의 향기로 가득 차 있는데
아버지의 라일락은 언제쯤 다시 꽃을 피워 줄까

-「라일락 꽃 필 때」 전문

바로 이거야. 몰락한 한 집안의 내력이 라일락 나무에 오롯이 깃들여 있지. 죽은 아버지와 어머니의 사라진 이름("문패가 떨어졌다")을 라일락 꽃이 대신해서 간신히 버티고 있는 모습. 라일락 꽃이 피어 "오월의 향기로 가득 차 있는데"도 아직 꽃이 피지 않았다며 라일락 나무 곁에서 혼자 울고 있는 듯한 처연한 느낌……. 서글픈 아름다움인데, 어쩌면 시인의 내적 자아는 이쯤에서 성장이 멈춰 버린 게 아닐까 싶어. 이 점에 대해 어떻게 생각해?

위험한 단정이라고? 그렇다면 이 시는 어떻게 봐야 할까?

뒷 베란다에 쥐 한 마리 들어왔다
구멍 뚫린 하수구는 그의 일방통행로
먹거리를 점령한 지 며칠이 지났을까
호드득호드득 먹거리와 놀아나는 그 몸의 율동
날이 갈수록 현란해진다

무대를 설치하고
별장을 지어줘야지
작심하고 다녀온 모란시장
지하철 왕복요금보다 더 값싼 쥐덫을 놓고

얼핏 바라본 베란다 너머 세상
문득 쫓겨난 듯싶다

-「문득 쫓겨난 듯싶다」 전문

앞에서 잠깐 지나가는 말로 언급한 작품이지만, 얼핏 보면 지극히 단순한 생활 에피소드에 지나지 않아. 베란다에 생쥐 한 마리가 들어왔고, 그걸 잡기 위해 덫을 놓았다는 거지. "쥐덫"을 "별장"으로 표현한 것이 천진스럽고 유머러스한 치환일 뿐 나머지는 없잖아. 근데 그게 아니야. 마지막 연이 심상치 않아. 이 시의 제목이기도 한 "문득 쫓겨난 듯싶다"는 과연 뭘 말하고 있는 것일까? 쥐가 베란다를 차지하고 있어서 시적 화자가 베란다에서 쫓겨났다는 뜻? 아니면, 쥐가 곧 쥐덫에 걸릴 테니 베란다에서 쫓겨날 거라는 예견? 그것도 아니라면 시적 화자가 쥐와 마찬가지로 이 세상에서 쫓겨난 것 같다는 생각?

물론 이런 다의성과 모호성이 시적 언어의 특징이긴 하지. 그래서 꼭 집어 어느 것이라 말할 수는 없어. 하지만 난 맨 마지막 해석에 손을 들어주고 싶어. 쥐가 쥐덫의 별장에 갇히듯이 시적 화자의 일상 역시 아파트에 갇혀 있다는 것을 "베란다 너머 세상"을 보면서 불현듯 깨달은 거야.

이러한 시적 인식을 「라일락 꽃 필 때」에 겹쳐 놓아보자고. 뭔가 일목요연하게 연결되는 게 있지? "문패가 떨어졌다"는 것은 집이 딴사람에게 넘어갔다는 것이고, 그 이후 어린 화자는 아버지나 어머니가 보고 싶을 때마다 함께 살던 옛집을 찾아 왔겠지. 특히 시 제목에서 알 수 있듯이 라일락 꽃이 필 때면 더더욱 그리웠을 거야. 그렇게 옛집에 가서 이제는 남의 집 것이 된 라일락을 보면서 그걸 심어준 아버지를 떠올리며 그립고 사무치는 마음을 삭였겠지. 어디 꽃 필 때만 그랬겠어? "아버지/ 라일락 푸른 잎으로 섰다"고 했잖아. 꽃은 잠깐이지만 잎은 봄부터 가을까지 내내 버텨 주니까 언제나 마음은 거기 머물렀을지도 모르지. 꽃보다 오래 볼 수 있으니까. 그러면서 꽃이 만발해 향기 아득한데도 안쓰럽게 묻잖아. "언제쯤 다시 꽃을 피워 줄까" 하고.

여기 이 역설적인 진술에 얼마나 깊은 뜻이 있는 줄 모르지? 서둘러 요약하면 이래. "아빠, 난 아직 자라지 못했어요. 꽃으로 피지 못했다구요. 빨리 돌아오세요!" 시에서 "봄 오지 않는"이나 "봄 없는 날들"이 그와 같은 심정적 사태를 은유적으로 반복해서 설명하고 있으니 더 잘 알 수 있지. 난 아직 청춘의 봄을 맞이하지 못했다는 거지.

어때, 놀랍지? 물론 시인이 의도적으로 그런 걸 다 계산하고 쓴 것은 아닐 거야. 시인은 자기도 모르게 저절로, 무의식적으로 그렇게 말하는 거지. 그게 시인의 본바탕이거든.

3. 이국적이고 성스럽게, 그리고 나란히 눕기

이쯤이면 김순미 시인의 시 세계가 어떤지는 어느 정도 감이 잡힐 거라고 생각해. 그렇다고 이게 핵심이라는 건 아니야. 거듭 말하지만 이건 일종의 "필요조건" 같은 거지. 정작 중요한 건 이제부터야.

앞에서 내가 그랬잖아. 그의 시편에서 시적 자아는 이 세계와 싸우지 않는다고. 자아의 세계 우위로서 비극이 일어나기 직전의 아슬아슬한 상태에 놓여 있다고. 그리고 그 이유가 '여덟 살 소녀'의 살짝 비낀 시선 때문이라고. 아, 맞아. 이젠 우리도 이를 좀 그럴듯하게 '영원한 어린이(eternal child)'라 부르자고. 심리학 용어야. '양철북'의 주인공 오스카나 피터 팬처럼 시인의 의식 중 일부는 어떤 지점에 멈춰서 성장을 거부하고 있는 걸 말해. 주의해야 할 건 이게 꼭 부정적으로 해석될 필요가 없다는 거야. '영원한 어린이'는 예술가에겐 창조성의 원천이면서 공감과 연민을 불러일으키고, 한편으로는 이 세계를 새롭게 갱신시키는 힘을 발휘하기도 해. 워스워드가 그랬지. "어린이는 어른의 아버지"(「무지개」)라고.

그렇다면 이 어린이가 보는 세계는 어떨까. 많은 시인들이 보여주고 있는 것처럼 고통스럽거나 왜곡되고 타락한 세계는 아니야. 오히려 그와 반대로 신성하고 거룩한 모습을 띠고 있어.

말없음으로 말하는 그녀 입가에
어쩌면 삼종기도
보이지 않는 바람에 오래오래 읽히고 있을지도 몰라 아마도

-「아마도와 어쩌면 사이, 올드미스」 부분

졸린 눈을 비비며 할아버지 손에 이끌려
새벽미사를 가는 길
하얗게 쏟아진다

-「흰 눈으로 오는 시간」 부분

줄무니 호랑나비 한 마리
꽃의 깊이를 재고 있네
가쁘게 몰아쉬는 숨소리

먼 곳의 조율
깊푸른 하늘의 미리내를 올려다본다

-「여름 미리내 아래」 부분

말이 없는 "올드미스"의 입에서도 시인이 읽어내는 건 "삼종기도"이며, 자동차 불빛에 하얗게 쏟아지는 눈을 보면서도 "할아버지 손에 이끌려/ 새벽미사를 가는" 시간을 떠올리고 있잖아. 흰색의 순결 때문에 성스러움이 더해지지. 심지어 꽃과 나비의 '관계'에서도 시인은 창조주의 보이지 않는 작용으로 생각되는 "먼 곳의 조율"을 상상하고 있어. 이뿐이 아냐. "대청마루에 무릎 꿇은" "어머니의 기도"(「해바라기 연가」)라든가 "수녀가 된 그녀의 언니"(「그녀가 부르는 노래」) 등을 보면 신성한 세계에 대한 시인의 경사는 매우 뚜렷하게 감지돼.

문제는 말이야. 실제의 현실은 전혀 그렇지 못하다는 거야. 성과 속은 한 몸이면서도 서로를 배척하지. 웬만해선 한 공간에 섞일 수가 없거든. 시인이 먼 이국의 풍경으로 자주 동경의 눈빛을 보내는 이유가 거기에 있어. 신성에 대한 경사와 이국적 취향이 함께 결합된 다음 작품을 보자고.

카토밀리 언덕의 전망 좋은 방
그 방은 채광이 좋아
파르포르티아니 교회를
오래 바라볼 수 있지

(중략)

나도 모르게 달려갈지도 몰라
파르포르티아니 교회 창문을 두드리며 고해하러

–「전망 좋은 방」 부분

“교회를/ 오래 바라볼 수 있”는 먼 이국의 “전망 좋은 방”을 동경하고 있어. 이국의 인지명이 자주 등장하고, 이 시집의 제목이 “샤갈의 여자”라는 것도 그런 동경의 산물 아닐까? 또 김춘수, 이가림 시인 등 시인에 대한 태도도, 아무것도 모르는 어린 소녀가 교과서에 나오는 유명한 시인을 경이의 눈으로 대하는 느낌을 줘. 시인뿐 아니라 시를 대하는 태도도 마찬가지야. 성스러울 정도로 높고 깊은 경외심을 갖고 있는 것처럼 보여(「환영幻影처럼 시가」).

그러나 시인은 그처럼 동경하는 성스러움의 세계에 과연 도달할 수 있을까? 아니 영원한 어린이의 세계에 계속 머물 수 있을까? 그런 면에서 첫 작품이 내겐 매우 의미심장하게 다가왔어.

어떤 과오로부터
어떤 환희로부터
너희들은 왔는가
가볍고 무거운 물새들의 몸

패인 날갯죽지
잘려 나간 꼬리들
여윈 다리와 물갈퀴에
걸리는 잿빛 소용돌이

위태로운 대열을 이루면서
절룩절룩 미끄러지면서
오직 하나의 목적지를 향해
더러는 거꾸러지면서

눈 감고서라도
가야 하고 가야만 하는
이미 사라진 귀로

–「어떤 과오로부터」 전문

한 마디로 그녀는 돌아갈 곳이 없어. 즐겁고 행복했던 '라일락 옛집'은 이미 남의 집이 되어 버렸거든. 그곳은 "눈 감고서라도/ 가야 하고 가야만 하는" 곳이지만 "이미 사라진" 곳이야.

그렇다고 그런 세계에 대해 시인은 결코 적대적인 태도를 드러내지 않아. 자신의 시적 주체를 시적 대상들과 나란히 병치시키고 있어(「붉나무에 마음 물들어」). 김순미 시인의 가장 큰 매력이자 장점이며 개성적인 지점이 바로 이거야. 독립된 주체로 서지 않고 대상들에 조용히 스며들고 섞이는 것. 예를 들어 그는 "자작나무 그림자"와 "그의 이마를/ 오롯이 겹쳐" 놓거나(「자작나무는 하얗게 껍질을 벗고」), "호두나무 잎새에" "맑게 햇살이 감겨 있는"(「부음을 듣다」) 세계를 사랑하지. 「해우소」 같은 시를 봐. 얼마나 절묘해. 그에게는 불륜이냐 아니냐, 진짜냐 가짜냐는 아무 의미가 없다구.

앞에서 내가 그는 스스로 중심이 되려고 하지 않는다고 했지? 인간이 이 세계와 싸우는 과정은 신의 그늘에서 벗어나 근대적 주체로 서는 과정이라 요약할 수 있는데, 시인은 그걸 원하지 않아. 중심과 주변이 따로 없이 서로가 서로에게 스며들고 깃드는 세계를 사랑한다고. 근대적 세계관은 이미 한물갔거든. 앞선 사람들은 모두 대안근대를 외치고 있잖아. 왜, 이런 말 있지. 미워하면서 닮는다고. 광포한 남성의 세계를 비판하면서 스스로 상징적 남근이 되는데, 그는 그러질 않는다는 거지. 이를 요즘 말로 서로 주체성이라고 불러도 될까? 단독자로 서는 근대적 주체가 아니라 서로서로 관계적인 주체.

어쩌면 그가 닿고자 하는 희고 신성한 세계는 죽음을 통해서만 갈 수 있는 곳인지도 몰라. 「Walla Walla」를 비롯해 망자들에게 바치는 헌사들이 많은 이유도 그 때문이겠지. 하지만 그곳은 "귀로"가 없는 세계, 돌아갈 길이 영영 사라져 버린 '옛집' 같은 곳이기도 해. 그래서 라일락 꽃이 피기를 기다리며 그 곁에 나란히 눕는 이 어린아이 같은 시인에게도 어쩔 수 없이 비극의 냄새가 풍기기 시작한 거 같아. 어쩌지? 흔들리는 시인의 어깨를 어떻게 감싸주지?